Sommer · Yeti

Volker Sommer

Yeti

Eine Erzählung

RadiusBibliothek

RadiusBibliothek
Herausgegeben von Wolfgang Erk

CIP-Kurztitelaufnahme der Deutschen Bibliothek

Sommer, Volker:
Yeti: e. Erzählung / Volker Sommer. –
Stuttgart: Radius-Verlag, 1986.
(Radius-Bibliothek)
ISBN 3-87173-729-1

ISBN 3-87173-729-1
© 1986 by RADIUS-Verlag GmbH, Stuttgart
Einbandgestaltung: Gabriele Burde
Gesamtherstellung: Clausen & Bosse, Leck
Printed in Germany

Für Uthaitip

In unserem Land konnte ich mich nicht mehr verirren. Es genügte längst nicht mehr, die Waldsäume im Gegenlicht zu betrachten, um zu wissen, daß darin das Herz verloren gehen könnte, im Reisig vor einer Köhlerhütte vielleicht oder durch einen Kontrakt mit einem Bärtigen. Klatschmohn und der flatternde Kosmos des Pfauenauges waren keine Ereignisse mehr, Wein kein Wort mehr aus südlichen Ländern. Die Sommer waren raschlebig. Zwar nisteten die Erlen wie jedes Jahr in luftigen Büscheln an den Bächen und schüttelten ihr graues Silber in die Mäander. Aber die Alphabete verbrauchten sich in Windeseile. Neue Lieder hatten die kurze Glut von weichem Holz. Die Stoppeln nahmen überhand und der Rainfarn und die roten Ebereschentrauben.
Das Leben besaß keine Schwere mehr, die Welt drückte nicht mehr von außen, daß die Seele blaue Flecken bekäme und sich dann und wann verwundert reiben müßte, sondern das Blut floß in den Adern als sei es seit Jahrmillionen Jahren geflossen, still und stetig, wie es schon in Urechsen und Quastenflossern geflossen war, in Ringelwürmern und stoischen Walen, verläßlich

und immerzu rinnend gleich dem feinen Sand von Sanduhren, die harmlos und unmerklich zu Ende gehen und mit einem Male leer sind wie so viele Leben an ihrem Ende eben nicht einmal plötzlich sondern nur so zu Ende sind.

Vermutlich war ich zu spät geboren, denn viel blieb mir nicht. Nach halsbrecherischen Einbaumfahrten durch malariaverseuchte Sümpfe war der Chimborazo bestiegen. Scott lag im Eis erfroren. In China gab es Funde versteinerter Dinosauriereier, und in Ostafrikas Steppe entdeckte eine fanatische Ausgräberin Fußstapfen zweier Menschen, die vor 3.6 Millionen Jahren über regenfeuchte Vulkanasche spaziert waren. Beim Betreten des Mondes hatte jemand ein paar wohlüberlegte Worte gesprochen. Aber weil sie so wohlüberlegt waren, hatte dies nichts mit einem Abenteuer zu tun gehabt.

Doch hin und wieder müssen sich die Menschen Geheimnisse schaffen. Sie fürchten sich, wenn sie zuviel und alles zu genau wissen. Sie beginnen zu trauern, wenn ihnen Glocken und Kerzen, Weihrauch und Wunder verboten werden. Ihre Herzen werden kalkweiß wie die Wände calvinistischer Kirchen. Und werden sie gezwungen, nur das Wort und nichts als das Wort für Wahrheit zu halten, beginnen sie noch während der Predigten Traumgesichte zu haben.

Das Kinn in die Handmuschel gestützt, saß ich dann und war tausend Jahre jünger und die Erde eine Scheibe mit in unendliche Schlunde tropfenden Rändern. Der Weltuntergang fand in fünfzehn Jahren statt, Christus härtete im Höllenfeuer die Schneiden seines Schwerts, auf einer Nadelspitze tummelten sich ungezählte Engelscharen, von den Himmeln regnete es Lilien und aus Märtyrerblut erblühte Rosen. Jeder venezianische Edelmann – Giovanni di Pietro vielleicht? – konnte noch Marco Polo zuvorkommen. Im Gestrüpp der Rattenfelle vermehrten sich die Pestflöhe. Auf dem Ararat schlugen mächtige Bäume aus dem Holz der Arche auf. An den Lagerfeuern Kleinasiens fürchteten sich die Kreuzfahrer vor Schneeleoparden und Syphilis. Die Derwische tanzten zögernd den Sternenreigen nach. In Isfahan begannen die Kuppeln der Moscheen ihren Wetteifer mit dem Himmelsblau. Auf der Seidenstraße zogen Karawanen hochbeladen mit Ballen kostbarer Stoffe. Aus dem Äther entfalteten sich die Buddhas, und die Erleuchteten hielten Zwiesprache mit dem leeren Raum. Wer an einem Weiher ins Abendlicht blinzelte, dem konnte es passieren, daß ihm fischschwänzige Nymphen einen Ball zuwarfen.

*

Den Beginn meines Weges erreichte ich im verregneten Morgengrauen eines der ersten Septembertage. Achtzehn Stunden hatte der Nachtbus von Kathmandu gebraucht, um sich durch die kurvenreichen Abhänge der Himalayavorberge in die vorgelagerte Flußebene hinunterzukämpfen und auf schnurgerader Straße weiter ostwärts zu preschen. Gespenstisch tobten die Monsungewitter. Hinter den Fensterschlieren bleckten Sümpfe mit den letzten Panzernashörnern, nicht endende Reisfelder und in den Schlaf gekauerte Bauernhütten auf.
Bereits von Ferne ließen begegnende Lastwagen ihre Scheinwerfer wild gestikulierend aufflammen. Die Dieselungetüme jagten mit einer ritualisierten Mischung aus Imponiergehabe und mißtrauischem Abwägen aufeinander zu, die dem Kräftemessen brünftiger Antilopenbullen vorangeht. Von aufheulenden Hörnern flankiert, streiften sich ihre Breitseiten beinahe, wenn sie, immer noch auf Höchstgeschwindigkeit, erst im letzten Augenblick auswichen und aneinander vorbeirasten.
Wenig erinnerte daran, daß dieses tösende und blinkende Spektakel von Menschen gesteuert wurde, die sich vor dem Einstieg ins Führerhaus ordentlich die fettigen Haare scheitelten. Zwischen engen Sitzreihen verkeilt, verfolgte ich das Schauspiel wie einer, der etwas in Bewegung gesetzt hat, dessen er nicht mehr Herr ist.

Die Blitzfahnen der aufgrellenden Wolken mischten mit einem zerrissenen Morgenrot, als sich die asphaltierte Nabelschnur der Zivilisation im Matsch einer aufgeweichten Trasse verlor. In zwei letzten Stunden Ringeln und Rutschen ächzte der Bus nordwärts, die Vorberge wiederum hinauf. Auf der verschlammten Basarstraße eines Bergdorfes tuckerte er sich aus.
Erste Unterkunft fand ich in einer Herberge, die eine freundliche tibetische Flüchtlingsfamilie führte. Das Bettgestell war mit einem Teppich belegt, in den feuerspeiende Drachen eingeknotet waren. Von der Decke hing ein brüchiges, mit Sackleinen geflicktes Moskitonetz. In der Gaststube standen die Regale voll mit Rum und Ananasschnaps, der aus schmierigen braunen Flaschen sparsam in winzige Gläser ausgeschenkt wurde. Eine Männergesellschaft hockte beieinander, betrank sich, wurde lauter und lauter und torkelte schließlich durch den Regen davon. Die Gäste schmatzten und spuckten, Frauen rauchten, Kinder rauchten, die Wirtin keifte. Mädchen durchsuchten ihre Zöpfe gegenseitig nach Läusen, knackten Flöhe. Hühner und Hunde schlichen um die Stuhlbeine, auf einer fettigen Tischplatte saß ein nacktes Kind mit gegrätschten Beinen und schaufelte mit den Händen Reisbrei aus einer Schale. In der Stubenecke war ein Hausaltar eingerichtet, garniert mit Sta-

tuetten, Schellen, einer Gebetsmühle, Glocken, Räucherstäbchen, glimmenden Talglichtern und einem Foto des ältesten Sohnes, der als Mönch in einem buddhistischen Kloster lebte.

Ich bestellte eine Nudelsuppe, in der Streifen gekochten Büffelfleisches aufgekocht waren, und gab zu verstehen, daß ich Träger suchte. Die Wirtin schickte eines ihrer Kinder hinaus auf die Straße. Während ich noch löffelte, stellten sich zwei Männer vor, ein Alter, der ein paar Brocken Englisch verstand und sich als Führer anerbot, und ein Junger, der das meiste Gepäck schleppen wollte. Wir wurden handelseinig und versorgten uns mit dem Nötigsten an Proviant, mit Reis und Reisflocken, Zucker, Milchpulver, Tee, Dosenfisch, Gewürzen und einigen Riegeln einer tranig schmeckenden Schokolade, dazu zwei geflochtene Tragekörbe und Plastikplanen gegen den Regen.

In einem der Basarläden kaufte ich einen weitrandigen schwarzen Schirm, der mich vor Sonne und Regen schützen und zugleich als Wanderstab herhalten sollte. Ich betrachtete noch einmal Kisten mit in Flaschen verfüllten Limonaden, Bieren, Branntwein, lauschte auf das Generatorschnurren aufgebockter Kühlschränke, kam an einer von schwarzem Öl- und Gummigrind überzogenen Werkstatt zum Vulkanisieren von Reifen vorbei. Dies war der letzte Ort, für solche Dinge, verliefen sich doch hier nicht nur

Straßen, sondern auch Elektrizitäts- und Wasserleitungen. Fortan mußte jedes Gramm auf Menschenbuckeln weitergehievt werden.
Zwischen feuerspeienden Drachen und brüchigem Moskitonetz lag ich rücklings auf dem Bettgestell. Mir ging die Zeit durch den Sinn, als ich ganze Tage in Lesesälen verbrachte, über mühsam per Fernleihe ergatterte Bücher gebeugt. Draußen reckten allmählich die Kastanien ihre Finger ins Blaue, und die Lerchen stiegen in die Höhe, derweil ich mich in ein letztes Rätsel dieser Erde vergrub, in die Mythen und Legenden um den Yeti, den mysterienumwitterten Schneemenschen des Himalaya.
Wissenschaftler und Sensationsreporter boten ganze Kavalkaden von Vermutungen an. Einmal könnte es sich um eine Restbevölkerung von Urmenschen handeln, Neandertaler vielleicht, wie sie in den Gletscherlandschaften der Eiszeit unter Mammuts und Säbelzahntigern gelebt hatten. Doch für einen Menschen war der Yeti eigentlich zu scheu, denn die meisten Berichte beschrieben dieses Wesen als einzelgängerisch, schnell auf der Flucht und zudem am ganzen Körper rötlichbraun behaart. Einleuchtender schien mir, daß es sich um einen als ausgestorben geltenden Großaffen handeln könnte, um den riesigen Gigantopithecus vielleicht. Oder aber es war schlicht der altbekannte und eigenbrötlerische Orang-Utan, der eine letzte Zuflucht auf

dem asiatischen Festland gefunden hatte, während alle Welt glaubte, dieser Affe würde nur auf Sumatra und Borneo leben.

Eines war jedenfalls klar: Die großen Expeditionen, ausgerüstet mit Betäubungsgewehren und Horden von Experten, waren gescheitert, weil sie zu laut und lärmig waren. Der Yeti war ein stiller, heimlicher Grenzgänger und nur einem stillen, verschwiegenen Sonderling würde es vergönnt sein, ihm zu begegnen.

Zu meiner Überraschung waren die Bücher, die ich in der Bibliothek erhielt, nicht verstaubt, und es stiegen keine Wölkchen auf, wenn ich ihnen über die Scheitel blies. Trotz ihres teilweise beträchtlichen Alters wirkten sie jung und frisch, als würden sie jeden Tag, wenn nicht gelesen, so doch wenigstens prüfend in Händen gehalten. Wer konnte wissen, wie viele dachten und träumten wie ich? Vielleicht waren schon ganze Kolonien von Träumenden unterwegs, um den Yeti zu entdecken, ganz gleich, was es war?

*

Als wir am nächsten Morgen aufbrachen, regnete es noch immer. Man hatte mich gewarnt, der Weg sei entmutigend um diese Jahreszeit:

aufgeweichte Pfade, angeschwollene Flüsse, die kilometerweite Umwege zur nächsten Furt nötig machten, Dauerregen und die Plage der Blutegel. Auf der Dorfstraße wühlten Männer armtief in dampfenden Gedärmen eines aufgeschnittenen Büffels, dessen dunkelrotes Blut sich in einem Graben, dem wir anfangs folgten, bis ins Unmerkliche verdünnte.
Die beiden Träger, barfuß und in kurzen Hosen, zurrten ihre Körbe durch ein Stirnband auf dem Rücken fest. An der Seite baumelten Schweißlappen, da sie trotz des Regens bei steilen Wegstücken ins Schwitzen gerieten. Sie trugen Stöcke in T-Form mit breiten Endstücken, die sie für kurze Pausen als Stützen unter das Gepäck schoben.
Die Hornhaut an ihren Füßen wies tiefe Schrunden auf, in denen sich häufig Blutegel festbissen, wenn Blätter und Gras die Beine streiften. Die Egel, lang und dünn wie elastische Streichhölzer, waren auf der braunen Haut der Träger kaum auszumachen. Manchmal begegneten wir brüllenden Rindern, auf deren Rückenkuppen wimmelte es von aufgequollenen Schmarotzern in der Größe von Weinbergschnecken. Die Träger knoteten Salz in dünnen Tüchern zu kleinen Ballen, mit denen sich die Egel abstreifen ließen. Die Bißstellen bluteten noch stundenlang. Zekken und Dornen taten ein übriges, um ihre Haut zu einem vernarbten Leder zu gerben.

Hinter klangvollen Dorfnamen verbarg sich meist nichts als eine lose Ansammlung strohgedeckter Hütten, vor denen Frauen mit Nasenringen und Halsketten aus oxidierten Münzen, Korallen und Plastik saßen. Die Männer schmückten sich mit buntgescheckten Kappen, an den Füßen hatten sie Gummisandalen. Mädchen mit Hexenmasken hopsten im Nieselregen um Schulbaracken herum, verfolgt von Knaben mit Trommeln und Rattenfängerflöten. Mütter wuschen schreiende Kinder, deren Gesichter vergreist waren, als lohne das Altwerden nicht.

Die Pfade verschwanden übergangslos in knöcheltiefen bröckelnden Bewässerungssystemen aus Erdwällen, die Bäche, Bächlein und Rinnsale in Bahnen lenkten. Die Reisterrassen waren Kunstwerke an Landschaftsarchitektur, die Hügel, eigentlich vertikale Imperative, vollkommen in Stapel winziger horizontaler Scheibchen aufgelöst. An trockeneren Stellen Nachtschattengewächse, gelbblühende Kürbisse, Gurken mit Flaschenbäuchen, und alles gut, um irgendeinen Schnaps daraus zu brennen. Dann und wann ein Hibiskus aus einer einzelnen zarten Blüte.

Daß ich im Himalaya lief, war zunächst ein Gedankenspiel, als säße ich noch über Bücher gebeugt hinter regennassen Scheiben. Dem beständigen Auf und Ab zufolge mußten wir zwar

bereits in den ersten Tagen etliche der hintereinandergetürmten, immer höher werdenden Hügelketten Richtung Norden überquert haben. Doch blieb das Land unter einem Dunstschleier, führten die Wege durch Waschküchennebel, die sich lediglich frühmorgens zu kurzen, verheißungsvollen Ouvertüren lichteten, gerade genug, um Hoffnung zu wecken und zu begraben. Der Marsch in den Verästelungen völkerverbindender Karawanenstraßen auf die Schneeberge zu unterschied sich wenig von einer Wanderung im Wattenmeer.
Doch das war gleichgültig. Wichtig war nicht, ob die Kleider durchnäßt waren, denn es war warm. Wichtig war nicht das Ziel, denn das war nur Anlaß zum Aufbruch gewesen. Wichtig war der Weg, der beim Gehen kam.
Feste Essenszeiten existierten nicht. Was unterwegs aufzutreiben war, wurde möglichst gleich verzehrt, um es nicht schleppen zu müssen, egal ob Eier, Reis, geröstete Maiskolben oder die kurzen, aromatischen Bananen. Zuweilen rasteten wir bei Teestuben, in denen gegen Entgelt für das Feuerholz gekocht werden konnte, und in denen mir stets ein mit Ziegenhaut bespannter Korbhocker hingeschoben wurde. Männer hatten Hackbeilchen zwischen die Zehenspalten geklemmt und verteilten eine zerlegte Ziege auf Bananenblätter. Ein Junge wedelte Fliegen beiseite. Mit Krummessern schlugen hungrige Trä-

ger Äste zu brauchbaren Scheiten, andere brachten an den Beinen gebundene Hühner herbei, die in Nullkommanichts gerupft und zerschnitten waren. Zwiebeln, Knoblauch und Chilli wurden zerstoßen, Butterfett in rabenschwarzen Pfannen zerlassen, brodelnde Bottiche mit bloßen Fingern vom Feuer gerückt, Gurken geschnitzelt, Reisbier abgefüllt, Yoghurt gelöffelt, Zigaretten aus trockenem Tabak gedreht. In windgeschützten Ecken kochten Hutzelweiblein Tee und rührten mit langstieligen Schöpfkellen in Töpfen mit auskragenden Rändern voll zerkochendem Gemüse. Es gab nichts, was diese Hütten schmückte. Alles hatte bloße Funktion.
In der Dämmerung quartierten wir uns bei Bauern ein, mit denen meine Träger stets irgendwie verwandt waren. Nur selten hatten die Hütten schmale überdachte Terrassen, auf denen Mahlsteine für Hirse und Mais beiseite geschoben wurden, um uns ein Lager auf Reisstrohmatten herzurichten. Viel öfter mußten wir uns mit vielköpfigen Familien in dunklen Katen auf plattgeklopften Lehmböden um qualmende Feuerstellen drängen, gemeinsam mit Katzen, die versengte Schnurrhaare und braune Stellen im Fell hatten, weil sie zu nahe an der Glut schliefen. Das Prasseln und Tröpfeln der Monsunregen wurde vom unaufhörlichen Husten der Dörfler begleitet, Kaskaden von immerwäh-

rendem Räuspern, Bellen und Spucken. Im Dachgeflecht hingen Bündel von Maiskolben, gelb mit schwarzen Punkten, neben grob geschmiedeten Hacken und Schaufeln. In den Ekken standen Bambusröhren, die als Wasserbehälter dienten. Überall pickende Hennen und Küken, die abends unter Körbe gesteckt wurden, und überall roch es nach saurer Milch.
Bei den Hütten standen Verschläge auf Pfählen, einige Handbreit über dem Boden, damit die Wasserbäche darunter wegfließen konnten, und Schuppen mit löchrigen Bastdächern, unter denen Ziegen angebunden waren und Feuerholz trocknen sollte. Die Menschen verrichteten ihre Notdurft über den Schweinekoben oder in den Maisfeldern, wohin ihnen winselnd Hunde folgten, denen die Kotbrocken ein Leckerbissen waren.
In der Nacht erwachte ich nicht selten mit blutverschmierten Händen, fand hinterm Ohr oder unter der Achsel dicke, vollgesogene Egel, die ich in Aschehaufen drückte, wo sie sich als graue blinde Würmer weiterwanden und Blut spuckten. Manchmal kratzte ich im Halbschlaf verschorfende Saugstellen auf, bis sie bluteten wie frische Wunden.
Kurz bevor wir das letzte nennenswerte Dorf erreichen sollten – Hauptort eines Distrikts und zugleich Marktflecken, in dem wir die Vorräte noch einmal ergänzten –, ereilten mich zwei Miß-

geschicke auf einmal: Beim Baden in einem trüben, rasch fließenden Flüßchen ging meine Uhr verloren, und gleich darauf rutschte mir der Fotoapparat aus der Hand und schlug auf einen Stein.

Mein Führer beobachtete eine Weile, wie ich unentwegt und ratlos an Hebeln, Blendenringen und Auslöser hantierte, bis er mir bedeutete, ihm zu folgen und mich in den Ort zu einem Laden brachte, der einer Art Mechaniker zu gehören schien. Auf einer Pritsche saßen junge Männer, die auf ihren Knien Kofferradios umklammert hielten. Hinter einem Tresen werkelte der Ladenbesitzer, vom Licht einer Kerosinlampe unterstützt, mit Schraubenziehern und Drahtzange in den Innereien eines solchen Radios herum. Die Wartenden entblößten derweil wechselweise die Apparate ihrer sorgfältig genähten Stoffhüllen und versuchten, ihnen durch abermaliges Wechseln der Batterien und Drehen an Lautstärke- und Empfängerreglern etwas anderes als Surrer und Knackser zu entlocken. Die Szene erinnerte leise an das beruhigende und untersuchende Streicheln, das Besitzer von Angorakatzen und Pekinesen ihren Schützlingen im Wartesaal eines Tierarztes angedeihen lassen.

Kurz nach meinem Eintreten, dem Eintreten von etwas Fremdem, Unübersehbarem, unterbrach der Reparierer seine Operation und schaute mich fragend an. Niemand schien Anstoß an meiner bevorzugten Behandlung zu nehmen, vielmehr verfolgten alle übrigen aufmerksam, wie ich mit beredtem Achselzucken und Händewackeln die Funktionsuntüchtigkeit meiner Kamera zu illustrieren suchte. Der Reparierer übernahm sie überaus vorsichtig, als sei er sich ihres unersetzlichen Wertes bewußt. Doch blieb der Apparat eine stachelige Frucht, die er langsam zwischen den Händen drehte. Als seine Neugier gestillt war, reichte er ihn mir lächelnd und kopfschüttelnd zurück.

Im nachhinein verstand ich nicht, welcher trüben Hoffnung folgend ich einem redlichen Handwerker in einem verlorenen Distriktörtchen des Himalaya ein solch hochkompliziertes Gerät überhaupt gereicht hatte. Vielleicht aus Höflichkeit meinem hilfsbemühten Führer gegenüber, vielleicht hatte mich aber auch die enorme Bedeutung, die ich dem Fotografierenkönnen beimaß, zu diesem absurden Schritt bewogen. Offenbar trennte mich wenig von den Steinzeitkünstlern, die im Schein von Pechfackeln Wisente, Hirsche und Bären an Höhlendecken malten, um ihren Jagden günstigen Ausgang zu bereiten. Ich hing noch immer den magischen Praktiken von Medizinmännern und Schamanen an und glaubte, ein Wesen durch ein Bild bannen und damit beherrschen und besitzen zu können.

Das Land wurde unwegsamer, die gerodeten und bestellten Flächen traten in den Hintergrund. Dort, wo sich Flüsse in Schluchten zu tosenden Strudeln zusammendrängten, überquerten wir schwankende, von rostenden Drahtseilen zusammengehaltene Hängebrücken, auf denen jede dritte Planke fehlte. Wir durchwateten knietiefe, eisigkalte Gewässer, trieben in Bächen mit Kieseln zutal. Menschen waren die einzig brauchbaren Lastenschlepper, denn in den engen Felsstiegen und reißenden Furten konnten sich weder Esel noch Maulesel, noch die zotteligen Bergponys sicher bewegen.
Am späten Nachmittag krochen wir vor einer windigen Paßhöhe in einer Höhle unter, die von überhängenden Felsen gebildet wurde. Der Platz war trocken und mit Spreu aus Laub und Farnkraut versehen. Um ein weiches Lager aufschütten zu können, lasen wir aus der Streu eingetrockneten Yakmist und Kotkügelchen von Ziegen heraus, denn während der Trift von und zu den sommerlichen Hochalmen rasteten hier Hirten mit ihrem Vieh. Vorm Höhleneingang zeichnete sich ein Bambushain gegen das Abendlicht ab. Die schlanken Stämme waren kreuz und quer geknickt und gespreizt, als habe sich jemand damit im Mikado versucht. Die Blattsilhouetten hätten japanische Tuschemeister nicht schöner gegen den Himmel tupfen können.

Die Träger machten Feuer im Höhleneingang, kochten Reis und saßen anschließend noch lange bei den prasselnden Flammen, unterhielten sich, vielleicht über ihre Frauen, ihre Söhne oder darüber, daß sie schon oft im Gebirge ums Feuer gesessen hatten. Ich mummelte mich ein und verfolgte auf der Rückwand der Höhle das Spiel der Schatten, die Gestik und Dramaturgie der Erzählungen nachzeichneten.

Horden vorzeitlicher Jäger mit fliehendem Kinn und fliehender Stirn kauerten in Felle gehüllt vor einem erlegten Bären, häuteten und zerteilten ihre Beute mit scharfkantigen Faustkeilen, schlugen Funken aus Steinen, entfachten ein Feuer, rösteten Fleischstücke, stocherten in der Glut, eröffneten am Schädel das Hinterhauptsloch, kratzten das Hirn heraus und schlangen den Geist hinunter, den Geist des wilden Bären.

Hätte ich seit frühester Jugend in dieser Höhle gehockt, im Eingang das flackernde Feuer, die ausgelassenen Gebärden und die Beredsamkeit der Träger, ich hätte die Schattengaukelei auf der Wand für das Wahre und Wirkliche gehalten und ihre dahinhuschende Leichtigkeit vielleicht sogar mehr lieben gelernt als das beschwerliche Ausdeuten dieser in Höhen und Tiefen zerfurchten Erde, die mir immer wieder unbekannte und fremde Seiten zudrehte. Es war so mühelos, in den wabernden Zeichen zu lesen, so einfach, alles zu glauben, als bewegte ich mich bei Dunkelheit im eigenen Zimmer, alles war an seinem Platz, alles tausendmal gegangen, alle Schatten waren meine Schatten.

*

Die Sonne des nächsten Morgens stand bereits hoch im Glast, als sie hinter steilen Kämmen auftauchte. In meine Augenhöhlen schoß ein stechender Schmerz ein, als reiße mich jemand aus dem Schlaf und zwinge mich, in eine Pultlampe zu starren. Ein riesiges Brennglas funkelte feindselig in mein Obdach unter den Felsen.
Ich vergrub den Kopf unter einer Decke. Im Hirn meldeten sich Stimmen und erklärten die Schattenwelt der vergangenen Nacht für freundlicher und wirklicher, für etwas Gewisseres, als die fremdartig gleißende Welt dort draußen. Eine langwierige Prozedur der Gewöhnung, der stufenweisen Wiedererinnerung an das Helle, Leuchtende folgte. Nur allmählich und blinzelnd konnte ich mich den lichten Konturen des Tales zuwenden, das, ganz anders als in den vorangegangenen Morgen meiner Wanderschaft, ohne jeden Hauch von Nebel ausgebreitet lag. Es leuchtete ein: Die Welt unterm Licht hatte mehr Umriß und Gestalt als der Flackertanz der

Schattenrisse. Die Glut der Feuerstelle war erkaltet.

Von unserem Übernachtungsplatz brauchten wir eine knappe Stunde hinauf zur Paßhöhe, markiert durch bizarre Bambusgestecke, an denen ausgeblichene und zerfetzte Gebetsfähnchen flatterten wie Überreste einer Festdekoration. Wir trafen dort auf eine rastende Trägerkolonne, die Steine zu pyramidalen Häufchen stapelte. Die Menschen gaben den bröckelnden Bergen eine neue zeichenhafte Ordnung. Mag sein, daß sie die Unberechenbarkeit des Steinschlags fürchteten.

Klar und scharf standen die Kuppen und Grate des Hochgebirges gegen den Horizont. Die fernen Gipfel schienen einem breiten Schneeberg zu huldigen, der einer megalithischen Steinsetzung glich, schienen in ihm ihre Mitte zu haben. Als wir die Paßhöhe verließen, verschwand er hinter vorgelagerten Bergrücken.

Die Trägerkolonne schloß sich unserem Weg an und blieb den Tag über bei uns. Mehrfach trafen wir noch auf andere Träger, wenn wir bei den eigens dafür errichteten hüfthohen Holzrampen rasteten, auf denen Lasten bequem abgeladen und aufgenommen werden konnten, Miserikordien des Himalaya. All diese Träger hatten seltsamerweise den gleichen Weg, und unsere Kolonne wurde immer länger und zahlreicher. Die Männer mit ihren Körben atmeten zäh und schwer, und diese schweren Atem waren ihre Gebete.

Gegen Abend erreichten wir eine Baumgruppe auf der Böschung eines breiten, trägen Flusses. Die Träger wiesen mir eine Schlafstelle bei einer etwas erhöht stehenden Hütte zu, der einzigen Behausung weit und breit. In der Tür tauchte eine junge Frau auf, die offenbar mit meinem Kommen gerechnet, wenn nicht gar auf mich gewartet hatte, und mir dampfenden Reis und Spinatgemüse servierte. Sie deutete mit der Hand auf ihre linke Brust und sagte eindringlich ›Anjana, Anjana‹, was wohl ihr Name war.

Während ich noch mit Essen beschäftigt war, sah ich Anjana schimpfend auf ihren kleinen Sohn zueilen, der mit nacktem Hintern vor der Tür auf dem Boden saß. Das Kind hatte im Schlamm gespielt, der unter der Traufkante des Reisstrohdaches entstanden war, und sich Hände voll Erde in den Mund gesteckt. Anjana schlug ihm auf die Finger. Sie lächelte mir zu, als sie, ihr Söhnchen auf die Hüfte gestemmt, in der Hütte verschwand.

Ich beobachtete das Treiben der Träger unten auf dem Lagerplatz. Es waren wohl Dutzende, die Zigaretten drehten, Holz spalteten, Mahlzeiten kochten und nach bettelnden Hunden mit Steinen warfen. Von der Hütte aus konnte ich einige der schräggestellten Körbe einsehen. Bisher hatte ich mich nicht für das interessiert, was die

vielen Träger eigentlich trugen. Doch jetzt mußte ich überrascht feststellen, daß wohl alles Gepäck eigentlich mir gehörte.
Wie und wozu ich diese Dinge mit hierher genommen hatte, wußte ich nicht. Aber sie hatten sämtlich mit Augenblicken tiefer Innigkeit zu tun, hatten mich einmal für kurze Zeit in ihrem Bann gehabt, waren Siegel auf meiner Seele gewesen.
Einer der Träger trug lediglich eine rubinrote Murmel in seinem Korb, die offenbar dermaßen schwer war, daß er nichts weiter als dieses daumennagelgroße Kügelchen zu schleppen vermochte. Vielleicht war es eine zu einem Massepunkt zusammengefallene Sonne am Ende ihres Sternenlebens. Und ich hatte stolz mit ihr gespielt und sie mit dem Finger übers Pflaster dirigiert. In einem anderen Korb befand sich ein mit Wachskreiden gemalter, aus Rauten unterschiedlichster Rottöne zusammengesetzter Feuervogel, in wieder einem anderen ein Eisvogel aus Blautönen. Aus einem Korb schaute das vergoldete Rad einer Rokokokutsche heraus, mit der Ludwig II. nach Neuschwanstein zu reisen pflegte. Daneben fiel mir ein für Akkordeon gesetztes, sehr einfaches Menuett auf, das doch im dritten Takt eine zumindest für Kinder ungewöhnlich schwierige Baßsequenz aufwies. In welcher Form dieses Menuett transportiert wurde, als Notenblatt etwa, als Spieluhr oder

einfach nur als Musik und Töne, konnte ich nicht ausmachen. Es war da.

Dann gab es noch einen Korb mit Scherben, die ich einmal auf einem frisch abgeernteten Kartoffelacker zusammengelesen hatte. Die Scherben waren wohl zuvor zusammen mit anderem Abfall – Eierschalen, Kaffeesatz, Zeitungspapier – auf den Misthaufen geworfen worden, der später als Dünger aufs Feld gelangte. Eine der Scherben, die zuoberst lag, trug das Bild einer Henne, die ihre Flügel über einem Küken breitete. Ich weiß nicht, ob aufgrund dieser Gedankenverbindung, jedenfalls war der benachbarte Korb randvoll mit viereckigen Eiern, genau jenen stapelbaren Eiern, die sich der geizige Dagobert Duck immer gewünscht hatte, um platz- und damit kostensparenden Eierhandel betreiben zu können. Und es gab Körbe voll funkelnder farbiger Steine, Abfall aus einer Glashütte.

In der Dämmerung stieg ich die Böschung hinunter und setzte mich auf einen Stein am Fluß. Längst hatte ich aufgehört, für alles Verwunderliche und Wunderbare vernünftige Erklärungen zu suchen. Der Schein der Lagerfeuer mischte sich auf den dahinhuschenden Wellen mit dem Licht der ersten Sterne und dem Rot, das die untergehende Sonne auf den Wolken zurückgelassen hatte. Flußaufwärts stieg eine Frauengestalt aus dem Wasser und ging auf mich zu. Es war

Anjana. Sie hatte ein Tuch über den Hüften zusammengeknotet. Ihr Oberkörper war unbedeckt, doch hielt sie die Arme vor der Brust verschränkt. Wie selbstverständlich kam sie näher, stellte sich zwischen mich und den Fluß und sah mich aus nächster Nähe an. Aus ihrem Haar rann das Flußwasser noch in schmalen Bächen, perlte den Hals hinunter und sammelte sich in dem Becken, das ihre Ellenbogen vor der Brust formten.
Als sie die Arme löste, hatte sie nichts in den Händen. Es war das erste Mal, daß ich in diesem Land eine Frau sah, die nichts in Händen hielt, nicht mit ihnen arbeitete, sie nicht nach einem Topf, einem Maiskolben, einem Kind oder einer Sichel ausstreckte. Anjana faltete die Hände auf dem Rücken. Ihre Brüste schimmerten rund und kugelig, als hätten sie nie einen Säugling gestillt. Zwillingsgleich hoben und senkten sie sich in ruhigem Rhythmus. Abendrot, Sternenlicht und Lagerfeuer brachen sich in diesem Auf und Ab.
Auf Anjanas Haut trocknete das Wasser und zurück blieb eine glitzernde Firnis aus Glimmer und Kristallsand. Sie begann zu flüstern. Ich verstand nichts von ihrer Sprache, wußte aber, daß sie ein Wiegenlied murmelte. Ihre Brüste kreisten langsam vor meinen Augen, mit der kaum wahrnehmbaren und stetigen Bestimmtheit, in der Sonne und Mond ihre Runden dre-

hen. Deren Bahnen und die Bahnen von Gestirnen und Planeten waren in diesem Einatmen und Ausatmen ihres Körpers ebenso beschlossen wie der Umlauf des Blutes. Ich vernahm Anjanas Herzschlag. Es war ihr kleines Menschenherz, aber zugleich der allgewaltige Takt von Weltentstehen und Weltvergehen. Es war der Takt, den Kinder vor der Geburt vernehmen.
Die Feuerstellen unter den Bäumen rauchten noch immer, als ich durch die Packgeräusche der Träger in der Morgendämmerung erwachte. Ein Hund trabte die Flußböschung hinauf, im Maul eine tote Ratte, deren Bauchfell silbrig glänzte. Ich hatte Ratten sonst nur als grau und in Ritzen flüchtend in Erinnerung und wunderte mich über diesen beinahe aristokratischen Schimmer. Anjana hatte einen Milchtee gekocht, den ich kaum abkühlen lassen konnte, als die Träger zum Aufbruch drängten.
Hinter den Bergen war gerade die Sonne aufgegangen. In diese Richtung, auf das kommende Licht zu, wollte ich weitergehen, mußte aber feststellen, daß die Trägerkolonne sich ohne jeden Anflug von Zweifel Richtung Nordwesten in Bewegung setzte. Mir war das unbehaglich, einem vergangenen Tag hinterherzulaufen, als führe mich jeder Schritt in diese Richtung dorthin zurück, wo ich hergekommen war.
Bereits kurz darauf war ich allerdings derart mit

dem Hüpfen von Stein zu Stein, dem Ausweichen vor Wurzeln und Unebenheiten beschäftigt, daß ich nicht mehr an die Richtung, sondern nur noch an das Gehen selber dachte. Die Träger hatten schwer zu schleppen und schoben alle paarhundert Schritte ihre T-Stöcke unter die Körbe, um kurze Pausen einzulegen. Kaum, daß ihr fliegender Atem etwas ruhiger wurde, hoben sie die Lasten mit entschiedenem Ruck erneut an und schleppten sie weiter.

Da ich lediglich meinen Schirm zu tragen hatte, überholte ich bald sämtliche Träger. Obwohl die Richtung durch einen ausgetretenen leicht ansteigenden Pfad vorgezeichnet war, wurde ich das Gefühl nicht los, als folgten mir alle in ein unberührtes und geheimnisvolles Gebiet. Die Bäume beiderseits des Weges waren abgestorben, ihre Rinde bereits vor Jahren geringelt, Saft und Kraft dahin, eine ausgemergelte, für die Brandrodung präparierte Waldfläche.

Als ich zurückschaute, sah ich, daß die Träger ihre Körbe ein Stück weit in den Baumbestand hineingetragen hatten und anschließend zurückgekehrt waren. Nun bildeten sie quer zur Hangrichtung eine Kette und begannen an allen Stellen gleichzeitig Feuer an die Bäume zu legen. Von leichtem Wind geschürt, breitete sich der Brand rasch aus, bis der Hang einen aufwärts gebogenen Flammenkranz trug.

Mir war zunächst, als hätte ich nicht das Ge-

ringste mit diesen Vorgängen zu tun. Mehr aus Reflex denn aus Angst begann ich schließlich doch bergauf zu rennen, um Feuer und Qualm zu entkommen. Erst als ich rannte, wurde das Rennen wichtig, und je länger ich rannte, desto wichtiger wurde mir das Rennen, wichtiger als alle bisherigen Minuten meines Lebens und wichtiger auch als die Verwunderung, daß die bunten Bruchstücke meiner Menschengeschichte dort unten körbeweise verbrannten. Mein Gehetztsein trat neues Gehetztsein los, und unter meinen Sohlen polterte eine Lawine zutal und verschwand in einem Feuerschlund.
Vor mir lag ein Hügelkamm, auf den ich ohne mich umzudrehen zuhastete und zukletterte, ausgepumpt und von dem Gedanken besessen, alles hinter mir zu lassen. Jenseits des Kammes erstreckte sich ein unübersehbares Feld voller Felsbrocken, Schotter von gigantischem Ausmaß, Kiesel am Strande eines von Zyklopen bewohnten Ufers, ein von betrogenen Göttern ärgerlich verlassenes Würfelspiel.
Ich kletterte lange zwischen den Schottern, bis die Luft mit einem Male wieder nach Verbranntem roch. Doch dieser Geruch war eigentümlich süßlich, nicht unähnlich der intensiven Ausdünstung, mit der Jasminbüsche in Hochsommernächten die Stadtparks erfüllen. Es war der Geruch von versengtem Haar, das wie die Natter, deren Kopf zertreten wird, zuerst zu Kräuseln

zusammenschnurrt und dann zu einem Nichts, Geruch nach großen Mengen verkohlter Haut und verkohltem Fleisch. Dabei war die Luft nicht bleiern und prall von Verwesung, sondern gab sich dem leisen Wind sanft und widerstandslos hin, mischte und verlor sich im Weiten.
Ich stand am Rande eines Leichenverbrennungsplatzes. Geröll war zu kleinen Terrassen aufgeschüttet, gerade groß genug, um Scheiterhaufen darauf zu errichten. Kein Mensch weit und breit, nur erkaltende Aschenhügelchen, hier und dort ein fortgerollter Stummel verkohlten Feuerholzes. Vor höchstens einem Tag mußten hier Verbrennungen stattgefunden haben. Überall verstreuter Reis, Mehlklümpchen und Bällchen aus süßem Milchteig, Speisen für das ungewisse Wegstück. Zerrissene Bänder aus geflochtenem Stroh, Blumengirlanden im Kollaps von Blüte zur Welke, zerschlagene Tonkrüge.
Hier war alles geschehen. Das Leben, dieser knappe Schluck in einem leckenden Gefäß, hatte die züngelnden Flammen nicht zu löschen vermocht. Vielleicht hatten sich ein paar Alte davongemacht, um den Nachgeborenen nicht länger den Blick auf den eigenen Tod zu verstellen.
Hunde räkelten sich in der warmen Asche. Ihre Flanken hoben und senkten sich im ruhigen Takt des Atems. In ihren Bäuchen lebte der Rhythmus vormaliger Leben heimlich fort. Manche

stöberten und stocherten mit ihren Schnauzen in den Resten der Scheiterhaufen herum. Sie jaulten kurz mit der ganzen Inbrunst ihrer Hundeleiber auf und ihre feuchten Nasen zischten, wenn die Restglut sie anfauchte wie eine in die Enge getriebene Katze. Andere schoben bereits Schenkelknochen und Hüftpfannen ungelenk zwischen den Pfoten hin und her, um sie benagen zu können. Das also blieb am Schluß: Ein windwilliger Aschenhaufen, gerade genug, daß sich Hunde daran wärmen können, ein bißchen widerspenstige Glut, gerade genug, daß sich Hunde daran die Nasen verbrennen.

Die Leichname waren mit all ihrem Schmuck behangen verbrannt worden. Krähen, von Aschenstaub bepudert wie Büßer auf der Wallfahrt zum Ablaß, scharrten frenetisch in den Krümeln. Ihre Schnäbel hatten die Kostbarkeiten dieser Welt verlesen, als seien sie Laubspreu, hatten Ohrgehänge und Halsgeschmeide in kotverklebten Krallen zu ihrer dürren Astwelt getragen und zwischen Grashalmen und Reisig zu unordentlichen Nestern verwoben. Darunter Goldringe, die Hobelspäne vom gleißenden Angesicht des Sonnengottes sein mochten, das zu Granat geronnene Blut göttlicher Asketen, Türkise in der Größe von Kinderfäusten, die aus dem Ornat des Schildkrötenkaisers stammten, zu Lapislazuli getrocknete Gischt aus der Zeit, als der Ozean voller Eifersucht gegen die Berge anbrandete, und Mondstein aus dem tränenschweren Seufzen der Erleuchteten über die Irrnisse unerlöster Seelen. Das also blieb am Schluß: glitzernde Staffage für ein Krähennest.

Im Schatten eines Felsbrockens lagen Dutzende blanker Schädeldecken beieinander, innen von grob skizzierten Labyrinthornamenten gezeichnet, den Abdrücken der Hirnrinde. Hier waren die Schergen des Todesgottes zum Scherbengericht zusammengekommen. Oder ein Schwarm Feuerdämonen hatte nach üppigem Mahl an den reich gedeckten Scheiterhaufen Fusel in die Schädelschalen gegossen, klirrend angestoßen und die feisten Kugelbäuche noch feister und kugeliger gesoffen. Das also blieb am Schluß: eine Schale, mit der andere sich betrinken, mit der wieder andere betteln gehen können.

Es gab keinen Grund zu bleiben, wie es keinen Grund zum Weitergehen gab. Ich folgte einem Hund, der sich mit tänzelnden Schritten nordwärts davonmachte. Der Pfad führte unmittelbar in einen Wald hinein. Das Grün einer Unterwassergrotte umfing mich. Aus den Baumkronen strömte diffuses, von meterlangen Bartflechten zusätzlich gebrochenes Schummerlicht.

Auf deutlicher Spur ging es bequem zwischen

Lianendickicht und Farngestrüpp hindurch. Wenig deutete darauf hin, daß ich mich nicht im ehrwürdigen Gewächshaus eines botanischen Gartens in Europa befand. Effektvoll arrangiert ragten Blütentrauben in gedämpften, lilienkühlen Farben in den Weg. Schmetterlinge groß wie Singvögel ließen sich auf langen Stelzbeinen zögernd in den Kelchen nieder, als erwecke die Berührung mit derlei Erdverhaftetem tiefes Mißtrauen in ihnen. Um die feuchten Schäfte der Farnwedel huschten gebänderte Schlangen, deren Bänder sich in Würfelmuster verwandelten, wenn sie im Dämmer eines Blatts verharrten. Auf Sträuchern platzten Drüsenkapseln. Zikadenzirpen versetzte die Luft aus verborgenen Tanzplätzen in heftige Vibrationen. Von umgestürzten Bäumen lappten Moospolster wie zerfallende Hemden in breiten Streifen auf den Boden. An glitschigen Felsnasen wurden harmlos gluckernde Bäche zu kleinen Wasserfällen.

Mit den langsam steigenden Winden des Urwaldpfades änderte sich die Zusammensetzung der Vegetation. Unter die Laubbäume mischten sich Nadelhölzer, bis auch die verschwanden und von Rhododendrondschungel abgelöst wurden. Der Rhododendron blühte nicht, er wäre sonst ein Meer in Lilapastell gewesen. Die Stämme in glattem Gelbbraun bogen und drängten sich zu skurrilen Formationen, ein ängst-

liches Ducken vor der Giganterie der Gipfel, die draußen ringsum wachsen und wachsen mußten. Alle Kraft des Waldes konzentrierte sich in diesen Bäumen. Je höher ich stieg, desto mehr verdichtete und kondensierte sich die Farbpalette des Laubwerks um ledrige Grüntöne.
Wald und Pfad verloren sich in ein enges und unübersichtliches Hochtal. Mit zunehmender Höhe schrumpfte der Rhododendron maßstabsgerecht, aus Bäumen wurden Sträucher, aus Sträuchern niedrige, krüppelwüchsige Büsche. Beiderseits schossen Felswände schroff und senkrecht auf. Keine Endgerichtsposaunen, nur Knirschen und Dröhnen, als falteten sich die Berge, als mahlten die Kinnladen eines Gottes. Seit Jahrtausenden polterten hier Gebirgsbrokken über die Kanten, trudelten auf dem Talboden aus, wurden von Flechten überzogen und benagt. Auch Steine verrotteten, und die Flechten glichen Brotschimmel. Grünes kippte ins Graue und dann ins Blaue, trotz gelbem Steinbrech und Edelweiß. Enzian und Beeren schmückten sich in Ultramarin, in Königsblau.
In diesem Gebirge drängten sich die Landschaften der Erde auf ein paartausend Metern zusammen, tropisches Dickicht voller Losung von Elefanten und Tigern, schattenreicher Hochwald in dem jeder Stamm prinzlich residiert, die von Hasen bevölkerte Tundra, übersät von Moos-

beeren so weit das Auge reicht, und schließlich die schneeige Kälte und Unnahbarkeit der Pole um die blendenden Kronen. All dies in Jahrmillionen Gewachsene – und das war das eigentliche Wunder – vermochte ein Mensch in nur einem Tag seines Lebens zu durchqueren.

Das Hochtal öffnete sich und gab den Blick nach Norden frei. Der Horizont bestand aus nichts als einem weißen, vergletscherten Gipfel. Der Gipfel und das Firmament waren eines, ihr Weiß und Blau mengten sich zu einem strahlenden Steigen. Die Landschaft kam ohne Zufälliges aus, alles war an seinem Platz. Da stand kein Baum, der einen Maßstab für die Größe dieses Gipfels abgegeben hätte. Und doch paßte der Gipfel in das Zwinkern meiner Augen. Und doch konnte ich ihn zwischen die Kuppen von Daumen und Zeigefinger nehmen.

Die Gletscher speisten einen See, der in Stille und Andacht zu ihren Füßen lag. Dieser See war spiralförmig mit grünen Lotusblättern bedeckt, und an jedes Blatt schmiegte sich der Pastelltupfer einer rosa Blüte. Unwillkürlich lenkte ich meine Schritte aufs Ufer zu. Ich geriet in das Magnetfeld eines Sogs, in einen langsamen, aber unbezwingbaren Strudel, der vom Zentrum der Spirale ausging, mich aber nicht im geringsten ängstigte, als hätte ich diesen Weg schon immer und mit aller Entschiedenheit gehen wollen.

Ich ging und ging, eine ganze Zeit lang, eine unmerklich lange Zeit lang. Am Ufer angelangt – es war das harmlose, sanft geneigte Ufer eines Binnensees –, setzte ich meinen Fuß auf den nächsterreichbaren Lotus. Die Blätter lagen als schwimmende Inseln vor mir. Ich kannte Fotografien von Säuglingen, die traumverloren auf Seerosenblättern saßen, ohne unterzugehen, und tatsächlich konnte ich mich in gedämpfter, feierlicher Gangart vorwärtsbewegen, als würden mir zu jedem Schritt Kissen unter die Sohlen gebreitet.

Aus tiefem Kristallblau wuchsen Blätter und Blumen zur Oberfläche. Aus Erde und Wasser geboren, blieben sie von beidem unberührt. In der dunklen Tiefe der Gestalten wurzelnd, das Haupt in der blendenden Fülle des Lichts, entfalteten sich die Lotusblüten auf einem Spiegel, der nichts als den geöffneten Himmel sah. Dunkel und Licht, Gehen und Verweilen, Weg und Irrnis waren hier nicht verfeindet, fielen in einem Augenblick blühenden Erwachens zusammen.

Diese Art des Gehens kannte ich nicht. Ich folgte einem rosafarbenen Schwarm Flamingos auf seinem Spiralflug über jadeglänzende Atolle inmitten pazifischer Weiten. Doch obwohl sich meine einsame Prozession in enger werdenden Ringen auf die Mitte der Spirale zubewegte, blieb der Gletscherberg stets voraus. Das Nirvana mußte wohl leicht sein wie der Pulverschnee auf diesen Gletschern.

Der Berg blieb ein unglaublich hoher Berg. Aber als ich ihm, Ursprung und Endpunkt der Kreisbewegung, aufs Nächste nahekam, war der Berg zugleich ein Palast. Und wenngleich das unglaublich schien: Der Palast war ein funkelnder Palast aus glasklarem Diamant. Die Wände schimmerten durchsichtig, und ich sah, daß der Palast leer war. Es lebte kein Hofstaat und kein König darin. Vier Tore führten ins Innere. Der Sog, der mich über den See geführt hatte, hielt noch immer an, sachte und entschieden drängte er mich, einzutreten. Ich gelangte in eine Halle, die schillerte in allen Regenbogenfarben. In der Mitte der Halle, dort, wo ein Thron hätte sein müssen, stand etwas erhöht eine Hütte. Zu meinem Erstaunen erkannte ich, daß es die Hütte der jungen Frau vom Fluß war.
Ich sah Anjana auf ihren kleinen Sohn zueilen, der mit nacktem Hintern vor der Tür auf dem Boden saß. Das Kind hatte im Schlamm gespielt, der unter der Traufe des Reisstrohdaches entstanden war, und sich Hände voll Erde in den Mund gesteckt. Anjana schlug ihm auf die Finger. Das Kind begann laut zu schreien. Sein erdverschmiertes Gesicht verzerrte sich zu einer Grimasse, und während es Luft holte, um um so lauteres Geschrei anstimmen zu können, öffnete es weit den Mund. Ich sah den mit Speichel vermischten Schlamm und Matsch darin.
Ohne daß ich zunächst begriff, was geschah,

wandelte sich der Erdbrei in eine Landschaft, nein, in viele, in alle Landschaften und Länder und Kontinente und Ozeane dieser Erde. Im Mund des Kindes nahmen die abertausend Aspekte des Globus Gestalt an, blühte die Erde in ganzen Sträußen plastisch gebündelt auf, flutete die Welt in hellen, lichten Wellen heran. Nicht als Illusion und Spiegelwelt, sondern in klarer Tatsächlichkeit stand der Kosmos in Vielfalt vor meinen Augen.
Ich hätte alles berühren und pflücken können, so greifbar nahe waren die Zwiebeltürme oberbayrischer Barockkirchen, das von Prielen durchzogene Wattenmeer vor der Elbmündung, das breite flache Band der Autobahn in der Wetterau, die Wasserspiele auf der Wilhelmshöhe, das nackte Paar von Adam und Eva am Würzburger Marktportal, und die behäbigen Pendelfähren im Weserbergland.
Auch Regionen fremder Länder und Erdteile, die ich nie bereist hatte, tauchten vertraut und heimatlich vor mir auf: Schlittenhunde fegten über die Eiswüsten der Arktis, Vulkane in den Anden spieen Glut und Rauchfontänen in den Himmel, eine Geisha trug mit trippelndem Schritt das Tablett für die Teezeremonie, und in den Sturmböen über Feuerland segelten riesige Kondore mit ruhig ausgebreiteten Flügeln.
Plötzlich verstand ich, daß jeder winzige und blitzschnelle Gedankensplitter, der mir durchs

Hirn schoß, genügte, damit augenblicklich und bereitwillig jede beliebige Facette der Welt entstand. Also bedurfte es auch lediglich eines haarfeinen Gedankens, damit meine schemenhafte Vorstellung vom legendären Yeti konkret und anschaulich wurde.

Während ich den Bruchteil einer Sekunde diese unerhörte und unerwartete Möglichkeit in Betracht zog, strudelten die Mosaikstücke meiner inneren Gegenwart mit wachsendem Tempo weiter: Golden funkelte der Elisabethschrein in Marburg, eine Viper huschte ins Macchiengestrüpp an der Côte d'Azur, Autoscooter lärmten im Tivoli Kopenhagens und auf einer Parkbank bei Fontainebleau saß ein Mann mit Hut im Schatten einer Linde und las Zeitung. Vor meinen Augen stürzten vergoldete Domkuppeln, Bergspitzen, Flußdeltas und Meeresbrandungen übereinander, als habe eine lang gestaute Flut von Gedanken einen Damm eingedrückt.

Ich nahm alle Sinne zusammen, um Ordnung in den Wirbel der Gestalten zu bringen, merkte aber, daß mich dieser Kampf rasch ermüdete. Löwen, die galoppierenden Gazellen hinterherjagen, gelingt oft nicht, sich auf eines der rasenden und auseinanderstiebenden Tiere zu konzentrieren und ein Stück Beute von der Herde abzusprengen. Genauso wirr und erfolglos schnappte ich nach nur einem Zipfelchen des

Schleiers, der das Geheimnis dieses Wesens barg.
Und hätten sich meine Gedanken auch eingrenzen lassen, ich wäre arm geworden dabei. Zu faszinierend waren die Einblicke. Ich suchte, gewiß. Doch alles was ich fand, war gleichermaßen atemberaubend und verzaubernd, der Tautropfen im Spinnennetz wie das Kabinett von Skurrilitäten im goldenen Topf. Und das leuchtete ein, denn bestanden nicht selbst der kostbare Diamant und das gewöhnliche Stück Kohle aus dem gleichen Stoff?
Da war gar kein Kampf verloren, da war nichts außer Kontrolle geraten. Nur wollte ich statt etwas Bestimmtem nur Irgendetwas sehen. Diese phantastische Bilderwelt sollte bleiben, dieses herrlich souveräne Gefühl, zu verfolgen, wie sich aus einem Detail eine ganze Welt entfaltete, das Gefühl unbeschreiblicher Leichtigkeit, mit einem Schwarm Lachse Wasserfälle hinaufzuschwimmen, mit den Störchen unter der Sternenpracht des Herbsthimmels unter dem Mittelmeer zu schweben und den Magnetpuls der Atmosphäre zu spüren. Ein Gedankentupfer, ein leichtes Antippen der Welt genügte, und schon weitete sich jede Kleinigkeit in sanfter Explosion zu einer großartigen Szenerie. Die Welt hatte keine Mitte, und ihr Geheimnis war die Vieldeutigkeit.
Gerade war ich dabei, meine Gedanken mit

einem Rudel Bergziegen durch scharfgratige Schluchten und reißende Wildbäche hinauf auf karge Bergwiesen voll prunkendem Blütensommer zu treiben, als mit einem Male, plötzlich, wie es aufgetaucht war, das ganze turbulente Schauspiel verschwand. Verschluckt hinter einem Vorhang schmollender Kinderlippen. Anjana zwackte ihr Söhnchen scherzend und aufmunternd in die Wange. Das Kind lächelte still in sich hinein, noch immer auf dem Boden vor der Türschwelle sitzend, und rührte weiter mit zwei Fingern im Erdmatsch unter der Traufe des Reisstrohdaches.

RadiusBibliothek
Herausgegeben von Wolfgang Erk

Die besondere Reihe meisterhafter Kleinprosa
– hervorragend ausgestattet –:
besonders sorgfältiger Satz, gedruckt auf gutes Papier,
Fadenheftung, gebunden in echtes dunkelblaues Leinen!

Heinrich Albertz
Das Grüne Gitter
Potsdam. Sanssouci.
Ein Besuch.
32 Seiten mit drei Farbfotos

Ingeborg Drewitz
Lebenslehrzeit
40 Seiten

Albrecht Goes
Christtagswege
80 Seiten

Peter Härtling
**Brief
an meine Kinder**
64 Seiten

Peter Härtling
Für Ottla
40 Seiten

Peter Härtling
Zueignung
Über Schriftsteller. Erinnerungen an Dichter und Bücher.
100 Seiten

Johann Christoph Hampe
**Fundamente
und Grenzen**
Impromptus über Sinnbilder
des Menschendaseins
144 Seiten

Walter Jens
Roccos Erzählung
Zwischentexte zu »Fidelio«
von Ludwig van Beethoven
40 Seiten

Christoph Meckel
**Sieben Blätter für
Monsieur Bernstein**
Sonderband im Großformat.
32 Seiten, 7 Abbildungen
Außerdem: Limitierte Vorzugsausgabe in 125 Exemplaren mit einer vom Autor numerierten und signierten Offsetlithographie

Raissa Orlowa /
Lew Kopelew
Boris Pasternak
64 Seiten

Volker Sommer
Yeti
Eine Erzählung
48 Seiten

Martin Walser
Säntis. Ein Hörspiel
64 Seiten

Martin Walser
**Variationen
eines Würgegriffs**
Bericht über Trinidad
und Tobago.
64 Seiten

Wir senden Ihnen gern unseren ausführlichen Prospekt:
RADIUS-Verlag
Kniebisstr. 29 · 7000 Stuttgart 1 · Tel. 0711/28 30 91